À la célèbre école de soccer appelée **THE DAVID BECKHAM ACADEMY**, chaque jour est une aventure. Tout en s'amusant, filles et garçons apprennent à mieux connaître leur sport et développent leurs habiletés. Mais il n'y a pas que les stratégies et les tirs secs… David Beckham sait que pour dev~~~~ ~~~~ ~~~~ ~~~~ emier *League* il faut : d~~~~ ~~~~ ~~~~ ~~~~ avail d'équipe, de la pa~~~~ ~~~~ ~~~~ ~~~~ e en soi. Voilà le secret! ~~~~ ~~~~ pages suivantes, tu rencontreras des enfants passionnés de soccer qui réalisent leurs rêves à l'académie.

PLONGE DANS CETTE AVENTURE SPORTIVE ET FASCINANTE!

Voici ce que quelques-uns de nos lecteurs pensent de ce livre.

Ce livre m'a fait rire aux éclats!
Chandrika, 8 ans

Les enfants de mon âge vont
vraiment adorer ce livre.
Kieran, 7 ans

J'ai appris que le travail
d'équipe c'est important.
Emily-Mae, 7 ans

J'ai aimé le titre des chapitres.
Anya, 7 3/4 ans

Tous mes amis avaient la tête
plongée dans ce livre!
Abby, 7 ans

J'ai beaucoup aimé lire ce livre.
Eniolu, 9 ans

Ce livre est captivant!
Joshan, 8 ans

Il y avait des passages drôles et d'autres
passionnants. J'ai adoré la fin,
mais je ne vais pas vous la dévoiler!
Freddie, 10 ans

Catalogage avant publication de Bibliothèque
et Archives Canada

Hutchison, Barry
Le nouveau / Barry Hutchison ; illustrations d'Adam Relf ;
texte français de Claude Cossette.

(The David Beckham Academy ; 5)
Traduction de: Away from home.
Pour les 7-10 ans.

ISBN 978-1-4431-0962-8

I. Relf, Adam II. Cossette, Claude III. Titre. IV. Collection:
David Beckham Academy ; 5

PZ23.H88No 2011   j823'.92   C2011-900383-X

L'édition originale de ce livre a été publiée en anglais au Royaume-Uni,
en 2010, chez Egmont UK Limited, 239 Kensington High Street,
Londres W8 6SA, sous le titre *Away From Home*.

Texte de Barry Hutchison.
Illustrations de la page couverture et de l'intérieur d'Adam Relf.
Photographie de la couverture d'Anthony Mandler.
Conception graphique de Jo Bestall.

Édition publiée par les Éditions Scholastic,
604, rue King Ouest, Toronto (Ontario) M5V 1E1,
avec la permission d'Egmont UK Limited.

5 4 3 2 1   Imprimé au Canada 116   11 12 13 14 15

THE DAVID BECKHAM
ACADEMY

LE NOUVEAU

TABLE DES MATIÈRES

LE MYSTÈRE HOLLANDAIS

Georges essuie ses lunettes et les repose sur son nez.

— Je ne comprends pas, dit-il. Si nous sommes la Hollande, pourquoi notre uniforme n'est-il pas orange?

Ben soupire en passant la tête dans son chandail de soccer bleu de l'école The David Beckham Academy.

— Écoute, on n'est pas *réellement* la Hollande, explique-t-il pour la deuxième fois. C'est juste le nom de notre équipe. Le groupe là-bas, c'est la France, mais je sais que leurs joueurs ne viennent pas de là parce que trois d'entre eux vont à mon école!

— Alors, notre entraîneur ne sera pas hollandais, n'est-ce pas? demande Georges.

— Non, répond patiemment Ben. On va avoir un entraîneur anglais. La Hollande, c'est juste le *nom* de notre équipe.

Georges, qui semble enfin avoir compris, se penche pour lacer ses chaussures de soccer.

— Alors, je ne comprends pas pourquoi ils compliquent tant les choses! marmonne-t-il.

Ben allait dire qu'il n'y a vraiment rien de compliqué là-dedans quand trois garçons se dirigent vers eux en se faufilant entre les joueurs dans le vestiaire bondé.

—Est-ce que vous êtes la Hollande? demande un garçon élancé aux cheveux bruns en bataille.

— Ouais! répond Ben en hochant la tête. Bienvenue dans l'équipe. Je m'appelle Ben et voici Georges.

Les membres de l'équipe se présentent

rapidement, puis enfilent leur nouvel uniforme de soccer.

—Alors, qui est ton joueur préféré? demande Georges en lissant ses cheveux carotte devant un miroir.

— David Beckham, bien entendu! s'exclame Ben en inspectant sa propre masse de cheveux noirs dans le miroir. Et le tien?

Bientôt, tous les joueurs de l'Équipe Hollande discutent avec animation, vantant les mérites de

leur idole tout en se targuant de faire partie de la meilleure équipe de l'académie.

— Les gars, nous *devons* gagner! s'écrie Ben.

— Ouais! lance Georges. On devrait choisir nos positions avant que l'entraîneur arrive. Moi, je joue à l'aile gauche!

— Je suis joueur du milieu, annonce Ben à son tour.

— Je suis aussi joueur du milieu! déclare un autre garçon.

— Et toi? demande Georges à un garçon pas très grand qui vient de se joindre au groupe. Quelle est ta position préférée?

Le garçon aux cheveux sombres et hérissés le regarde d'un air absent et ne répond pas.

— Hé! intervient Ben, croyant que le garçon n'a pas entendu. Tu fais partie de la Hollande, n'est-ce pas? Comment t'appelles-tu?

Le garçon hausse les épaules nerveusement en posant le même regard vide sur Ben.

— Tu dois bien connaître ton nom! lance Ben. Comment t'appelles-tu?

Le visage du garçon s'illumine soudain.

— Stefan! répond-il avec un accent étranger.

— Ah! s'exclame Georges. Je le savais! Il est hollandais!

Ben roule les yeux.

— Vas-tu en finir avec tes Hollandais? Je t'ai dit...

Mais Georges interroge déjà Stefan en parlant fort et lentement.

— Viens... tu... de... la... Hollande? lui demande-t-il en articulant bien.

Stefan hausse les épaules à nouveau.

— Est-ce... que... tu... parles... anglais? poursuit Georges.

Stefan semble comprendre et secoue la tête.

— Pas anglais, dit-il.

Georges regarde Ben d'un air suffisant.

— Tu vois! dit-il. Il n'est pas anglais. C'est

certain qu'il est de la Hollande!

Ben pousse un grognement.

— Il est étranger, mais ça ne veut pas dire qu'il est hollandais, réplique-t-il en laissant échapper un soupir. Il n'a même pas l'accent hollandais!

Stefan qui semble tout à coup se rendre compte qu'ils parlent de lui se met à rougir. Il commence à tripoter un paquet de cartes de soccer dans la poche de son short.

— Alors quel accent a-t-il? veut savoir Georges.

Ben hésite.

— Mais, c'est évident, non? dit-il d'une voix incertaine, mais il n'ajoute rien d'autre.

Avant que Georges puisse continuer à le questionner, Stefan sort les cartes de sa poche et se met à les regarder l'une après l'autre. Les autres garçons l'entourent et examinent chaque carte avant qu'elle ne disparaisse à l'arrière du paquet.

Les noms défilent rapidement — Jodlowiec, Komorowski, Boruc —, mais aucun ne leur est familier.

Une carte métallisée et brillante capte soudain l'attention de Georges qui s'exclame, tout excité :

— Hé, le drapeau polonais! C'est la toute dernière carte que j'ai échangée pour terminer mon album, annonce-t-il. Savez-vous que la Pologne a fini en troisième position à deux coupes du monde : en 1974 et en 1982?

Ben éclate de rire :

—Tu connais tes statistiques, toi!

—Alors, Stefan, tu viens donc de la Pologne? demande Georges.

— Polska! lâche Stefan encouragé.

— Le mystère est résolu, conclut Ben en souriant.

Il plonge la main dans sa poche pour en sortir un paquet de cartes entouré d'une bande élastique. Il le tend à Stefan.

— Tu connais ces joueurs-là? lui demande-t-il.

Les sourcils froncés, Stefan secoue la tête en regardant les premiers joueurs de la collection de Ben. Il connaît un bon nombre de grands joueurs des clubs britanniques, mais les visages sur ces cartes lui sont aussi étrangers que l'étaient ceux des joueurs polonais pour les autres garçons.

— Et celui-ci? fait Ben en s'arrêtant au milieu du paquet. Tu dois avoir entendu parler de lui!

Il lui montre sa carte la plus précieuse.

— BECK-HAM! lance Stefan avec un sourire en levant le pouce devant Ben.

— Exact! réplique Ben d'un air entendu. C'est bien David Beckham.

— Ça m'aurait surpris que tu ne saches pas qui est Beckham, lâche Georges en riant. Nous sommes à son académie... tout de même!

Les garçons sont toujours occupés à comparer leurs cartes quand une femme assez grande frappe à la porte du vestiaire. Elle porte de magnifiques vêtements d'entraînement de l'académie.

— Je m'appelle Kelly, je serai votre entraîneuse au cours des prochains jours, annonce-t-elle à l'équipe. Vous êtes prêts pour l'entraînement, Équipe Hollande?

— Oh que oui! s'écrie Georges, tout excité.

Il attend que Kelly soit sortie avant de

chuchoter à Ben :

— La Hollande, c'est nous, n'est-ce pas?

Ben se met à rire.

— *Oui!* lâche-t-il en entraînant les autres joueurs à sa suite dans le corridor. Bon, c'est l'heure d'aller marquer des buts!

ERREUR D'INTERPRÉTATION

Les joueurs de l'Équipe Hollande terminent l'échauffement à bout de souffle. Un espace a été délimité par des cônes à côté du terrain principal où ils vont maintenant s'exercer à parfaire certaines habiletés de soccer. Tout autour d'eux, les autres équipes sont déjà en pleine action.

Kelly finit de disposer les derniers cônes de couleur, puis se dirige vers l'équipe à grandes enjambées.

— Maintenant que nous sommes bien échauffés, nous allons commencer par un exercice facile, déclare-t-elle. Il permet de tester votre maîtrise du ballon. Restez concentrés et tout va bien se passer.

Kelly leur explique exactement ce qu'ils doivent faire. Tous les garçons hochent la tête pour montrer qu'ils ont compris. Tous sauf un.

Stefan fronce les sourcils. Il a essayé de suivre les explications de l'entraîneuse, mais elle parle vite. Doit-il dribbler le long de la rangée de cônes ou entre les cônes? Il n'en est pas certain.

Kelly regarde Stefan en levant le pouce pour s'assurer qu'il a compris. Le garçon fait le même geste. Il ne veut surtout pas avoir l'air stupide devant les autres.

Confiant, Ben fait rebondir un ballon devant lui. Comme il est capitaine de l'équipe de son école, il a l'habitude de commencer le premier.

Kelly donne un coup de sifflet. Ben s'élance et se met à zigzaguer entre les cônes à toute vitesse. Il fait beaucoup de petites touches et garde toujours le ballon devant lui. Après avoir contourné le dernier cône, il va se placer au bout

de la file, l'air satisfait.

Stefan laisse échapper un soupir de soulagement. Maintenant qu'il a observé Ben, il sait exactement ce qu'il doit faire. Lorsque Kelly lui fait signe d'y aller, il est donc détendu et s'élance rapidement.

En fait, Stefan réussit l'exercice mieux que Ben. Il dribble entre les cônes en utilisant ses deux pieds pour contrôler le ballon. Il est aussi habile que certains joueurs plus grands et ne laisse jamais échapper le ballon. Il termine même l'exercice avec quelques secondes d'avance sur Ben.

Puis il pose son pied sur le ballon, le fait rouler et le lance en l'air pour le rattraper. Au pas de course, il va ensuite se placer derrière Ben. Il n'a pas une seule goutte de sueur sur le front.

— Pas mal! fait Ben d'une voix haletante en reprenant son souffle. Pas mal du tout.

Stefan sourit d'un air un peu inquiet, car il n'est pas certain d'avoir compris ce que son coéquipier lui a dit. Mais lorsque Ben lève le pouce en l'air, le sourire de Stefan s'élargit et il lui répond de la même manière.

— C'était génial! s'écrie Georges qui vient se joindre à eux. Vous étiez tous les deux super!

Georges a manié le ballon maladroitement, mais il a tout de même terminé dans les temps.

— Merci, répond Ben d'un ton neutre. Tu n'étais pas mal non plus.

Ben jette un coup d'œil aux autres équipes,

puis ramène son regard sur les joueurs de l'Équipe Hollande.

— Vous savez, dit-il en souriant, je pense qu'on a de bonnes chances de gagner.

● ● ●

La période des exercices d'habileté passe rapidement. Après avoir fait le plein d'énergie en mangeant des pâtes, c'est déjà l'heure du tournoi de l'après-midi. Kelly charge Ben d'attribuer à tous les joueurs de l'équipe une position sur le terrain. Ben demande à chaque joueur où il veut jouer.

— Je suis toujours milieu central, ça vous va? dit-il d'un ton autoritaire sans attendre de réponse. Comme Georges tire du pied gauche, nous allons le placer à l'aile gauche.

Puis en montrant du doigt une fille élancée aux cheveux tressés, il ajoute :

— Toi, tu pourrais jouer à l'avant, étant donné que tu es grande.

Stefan fait semblant d'attacher ses chaussures quand Ben se tourne ensuite vers lui.

— Stefan, quelle est ta position? Défenseur? milieu de terrain? attaquant de pointe?

Ben parle très vite et Stefan n'arrive pas à se souvenir des positions de soccer en anglais que son père lui a enseignées. Il marmonne quelque chose qui, pour Ben, ne correspond à aucune position sur le terrain.

— Désolé, mon polonais est encore pire que ton anglais! répond Ben à la blague. Où veux-tu jouer?

Stefan se mâchouille la lèvre avec inquiétude. Tout le monde le regarde en attente d'une réponse, mais il n'arrive pas à trouver les bons mots. Il est tellement intimidé que ses joues sont devenues cramoisies. Il faut qu'il trouve un moyen de se faire comprendre.

Laissant les mots de côté, il décide d'essayer

de mimer ce qu'il veut dire. Il se met à courir sur place et à faire des mouvements de gauche à droite, comme pour esquiver des joueurs et se faufiler entre eux. Puis il balance son pied avec force pour botter un ballon imaginaire.

— S'il continue comme ça, il va s'épuiser avant qu'on donne le coup d'envoi, fait remarquer Georges.

Ben ne réplique pas. Il fixe Stefan qui, les bras écartés de côté, mime l'enthousiasme après un but. Mais Ben interprète mal le geste. Il lui donne une signification opposée.

— Il fait comme s'il bloquait quelqu'un. OK, Stefan, si c'est bien ce que tu veux, tu peux jouer à la défense.

* * *

Dans le cercle central, Ben et Georges attendent que le match contre le Mexique débute. Ils ont tous les deux été surpris que Stefan joue à la défense et s'inquiètent des conséquences que cela pourrait avoir pour l'équipe.

— C'est bizarre… il est tellement habile, j'aurais parié qu'il était attaquant, lâche Ben en glissant ses doigts dans ses boucles noires. Dommage qu'il préfère jouer à l'arrière.

— On aurait bien besoin d'un bon attaquant, renchérit Georges.

Derrière eux, Stefan n'a pas l'air content. Il n'a jamais joué à la défense pour l'équipe de son école en Pologne. Attaquant? Bien sûr. Joueur du milieu? Parfois. Il a même déjà remplacé le gardien de but de l'école quand il s'était blessé au cours d'un match. Mais à la défense? Jamais.

Les capitaines se serrent la main et le coup d'envoi est donné. Le Mexique prend bientôt possession du ballon et les joueurs commencent à se faire des passes avec habileté.

Un garçon au teint olivâtre fonce tout droit sur Stefan, qui n'en mène pas large. Le défenseur

a soudain la gorge sèche; il n'est pas très bon dans les tacles. Il prend une inspiration profonde, ferme les yeux et plonge sous le joueur du Mexique…

LE DÉFI

Stefan se raidit à l'idée d'entrer en collision avec le joueur attaquant. Mais il dérape sur le gazon et s'écrase par terre avec un bruit sourd.

Il ouvre les yeux pour constater qu'il a complètement raté son tacle. Derrière lui, le filet tremble quand le ballon s'engouffre dans le but de la Hollande. Le Mexique mène 1 à 0.

— Ce n'est pas grave, Stefan, ne t'inquiète pas, lui crie Ben.

Il tape dans ses mains pour encourager son coéquipier, mais Stefan peut lire la déception sur son visage.

Stefan bondit sur ses pieds et tente d'oublier son erreur pour se concentrer sur le reste du match. Ce n'est qu'un but. Combler cet écart ne sera pas si difficile.

Georges et Ben font le coup d'envoi. Ben s'enfonce dans la moitié de terrain du Mexique avec le ballon en déjouant un joueur du milieu qui se dirige vers lui. Alors qu'un autre joueur court dans sa direction pour le bloquer, Ben envoie le ballon vers la gauche. Il rebondit une fois pour atterrir aux pieds de Georges.

Le cœur de Stefan bat à toute vitesse tandis qu'il voit la défense du Mexique cerner Georges. Ben agite les bras pour qu'il lui décoche une passe latérale, mais il y a déjà un défenseur près de lui du côté du but – Georges ne peut s'y risquer. Il a besoin de quelqu'un à sa gauche.

Stefan se met à courir, comme s'il était sur pilote automatique. Le sol défile sous lui tandis qu'il sprinte vers l'autre extrémité du terrain dans une tentative désespérée de recevoir la passe. Georges n'aura qu'à envoyer le ballon à gauche et Stefan pourra lancer directement au but. L'angle sera un peu serré, mais…

Non!

Un grand maigre de l'équipe du Mexique enlève le ballon à Georges et l'expédie d'un coup de pied à l'autre bout du terrain. Stefan s'arrête en dérapant et regarde, impuissant, le ballon voler au-dessus de sa tête. Il se retourne du côté de la Hollande juste à temps pour voir le même attaquant blond réceptionner le ballon avec la poitrine, à l'extérieur de la surface de réparation.

L'autre défenseur de la Hollande se trouve de l'autre côté du terrain, trop loin pour pouvoir faire quoi que ce soit. Le joueur du Mexique tire adroitement. Le gardien effectue un plongeon spectaculaire et réussit à toucher le ballon du bout du doigt. Mais Stefan entend Ben grogner au moment où le ballon échappe au gant du gardien. Le Mexique mène 2 à 0.

Cette fois-ci, Ben n'a aucune parole d'encouragement. La tête basse, Stefan s'empresse de regagner sa position. Il aurait dû rester à la défense. Il n'aurait jamais dû charger vers l'avant comme ça. On ne l'y reprendra plus.

Au coup de sifflet, c'est au tour de Georges de foncer vers l'entrée de but du Mexique. Stefan regarde ses jambes. C'est comme si quelqu'un les contrôlait à partir d'une télécommande; elles bougent spontanément. Il se retrouve bientôt au bout du terrain aux côtés de Georges. S'il peut s'emparer du ballon, il sait qu'il pourra l'expédier derrière le gardien.

Georges fait une passe longue à Ben, mais un formidable coup de tête d'un défenseur du Mexique renvoie le ballon vers la ligne médiane. Stefan retourne sur ses pas à toute vitesse pour l'intercepter, mais un milieu de terrain de l'équipe adverse y parvient avant lui. Stefan effectue un tacle glissé, qu'il rate encore une fois.

Avant qu'il ait le temps de se relever, le

Mexique marque un troisième but.

— Trois à zéro, je n'en reviens pas, grogne Georges. Mais que fait Stefan?

— Aucune idée, rétorque Ben d'un ton sec, fâché de la tournure du match.

Il tend un bras en direction du but du Mexique et poursuit :

— Reste à la défense et arrête de jouer dans cette zone, OK? Arrête de courir à l'autre bout.

Stefan sourit timidement en hochant la tête. Il ne comprend pas les paroles de Ben, mais il les devine à ses gestes. Ben veut qu'il continue à s'avancer et à soutenir les attaquants. C'est sans doute ce qu'il veut dire!

Ravi, Stefan retourne à son poste. Aussitôt que Ben et Georges ont donné le coup d'envoi, il se précipite pour aller les trouver, imaginant déjà le but qu'il est certain de compter.

— Voilà qu'il recommence! s'écrie Georges. Il ne tient pas du tout sa position!

Ben jette un coup d'œil vers l'arrière une

fraction de seconde, mais cela suffit au joueur du milieu pour lui chiper le ballon. Déboussolé, Ben trébuche et s'écrase maladroitement sur le gazon.

— Stefan, retourne à l'arrière! hurle-t-il en voyant le joueur du Mexique remonter le terrain à vive allure avec le ballon. Arrête-le, arrête-le, *arrête-le!*

Stefan, troublé par tous ces cris, est lent à réagir. Il voit le ballon décrire un arc dans les airs et court à toute vitesse pour le rattraper, mais il est beaucoup trop tard. Le ballon s'enfonce dans le but avec un bruit sourd. C'est 4 à 0 pour le Mexique.

Quelques minutes plus tard, un coup de sifflet annonce la fin du match et l'Équipe Hollande, déçue, quitte le terrain en traînant les pieds.

— Je n'arrive pas à y croire… Stefan qui quitte la défense comme ça, bouillonne Ben. On a perdu à cause de lui.

Georges approuve en hochant la tête.

— Probablement, admet-il. Mais il faut dire

que sans vrai attaquant à l'avant, ça n'a pas aidé non plus.

Stefan s'attarde derrière le reste de l'équipe. Il ne comprend pas la conversation de ses coéquipiers, mais il devine qu'ils sont en colère contre lui. Il ne peut pas leur en vouloir. Il s'en veut lui aussi.

Kelly lui tend une bouteille d'eau. Stefan la remercie sans lever les yeux. Le pire dans tout ça, c'est que la situation aurait été tout à fait différente s'il n'avait pas été coincé à la défense. Au moins, il ne s'agit que de sa première journée à l'académie. Il lui en reste deux. Il doit s'assurer de jouer à l'avant le jour suivant pour leur montrer de quoi il est capable.

4

TRADUCTION INFIDÈLE

Le lendemain, Stefan se sent un peu plus enthousiaste. Le matin, tout s'est tellement bien passé à l'entraînement qu'il n'a pas vu le temps passer.

À la cafétéria au dîner, Stefan montre du doigt une pomme de terre au four et hoche la tête pour qu'on lui serve une portion de thon. Il est affamé.

— Merci, dit-il timidement.

Après avoir choisi une boisson, il traverse la cafétéria pour aller rejoindre le reste de l'Équipe Hollande à l'une des longues tables.

Ben et Georges ont opté pour les spaghettis à

la bolognaise et font tout un gâchis en mangeant. Il y a des pâtes et de la sauce partout sur la table.

— Regardez! lance Ben en aspirant une nouille à la vitesse de l'éclair.

De la sauce tomate dégouline sur son menton.

— Dégueu! s'exclame une fille assise en face d'eux, un autre défenseur de l'Équipe Hollande.

Georges pouffe de rire en projetant du jus à la ronde. Mais lorsque Stefan éclate de rire à son tour, Ben et le reste de l'équipe le regardent froidement.

— Je ne comprends pas pourquoi il rit après sa performance d'hier, déclare Ben d'un ton sévère. Il faut que la défense s'organise si on veut avoir une chance de participer au prochain tour.

— On ne m'a pas beaucoup protégé, gémit Bobby, le gardien blond roux.

Il n'a pas fait un bon match non plus et il cherche à jeter le blâme sur quelqu'un d'autre. Il se tourne vers Stefan.

— Il faut que tu colles ton joueur, ne le lâche pas! lui explique-t-il.

— Colle? répète Stefan en rougissant.

Il ne sait pas du tout ce que le mot signifie, mais il y a quelque chose qu'il peut faire pour remédier à cela.

Sous les regards des autres joueurs de l'équipe, Stefan sort un petit appareil de sa poche.

— C'est une calculatrice? demande un garçon.

— Génial, fait Ben ironiquement. Il croit que nous aurons besoin d'une calculatrice pour savoir par combien de points nous allons perdre.

L'appareil ressemble un peu à une calculatrice, mais il y a des lettres à la place des chiffres. La veille, frappé par un éclair de génie, Stefan a mis le traducteur électronique de son père dans son sac de sport.

Il faut qu'ils comprennent que je suis un attaquant, pas un défenseur. Je devrais jouer à l'avant, se dit Stefan.

Il tape sur le clavier en gardant l'écran près de son visage.

— J'ATTAQUE! s'exclame-t-il d'une voix forte.

Soudain nerveux, les joueurs les plus près de lui ont un mouvement de recul.

— Un instant, intervient Ben, ça ne servira à rien de jouer aux durs…

Mais Stefan l'interrompt :

— J'ATTAQUE! répète-t-il en plaquant

l'appareil sous le nez de Ben.

Ben devient écarlate.

— Qu'est-ce que tu as dit? hurle-t-il, en colère. Tu vas essayer de me frapper?

Kelly qui a entendu les garçons se disputer se précipite à leur table.

— Pourquoi tout ce tapage? demande-t-elle d'un ton ferme.

— Stefan a dit qu'il allait attaquer Ben, répond Georges tout en enlevant ses lunettes pour les essuyer sur son maillot.

Kelly se tourne vers Stefan.

— Est-ce vrai? lui demande-t-elle.

— J'attaque, répète Stefan.

Kelly fronce les sourcils.

— Je ne crois pas que Stefan cherche la chicane, dit-elle à l'équipe. Regardez, il sourit! Il parle peu l'anglais, alors essayons plutôt de l'aider. Je ne comprends pas vraiment ce qu'il veut dire, mais il ne s'agit pas d'une menace.

Ben se lève et le reste de l'équipe sauf Stefan

fait de même. Il hausse les épaules.

— Peu importe, admet-il. Venez les gars. Allons nous faire écraser une fois de plus.

— En voilà une attitude! s'indigne Kelly en croisant les bras. D'accord, vous avez subi une petite défaite hier, mais aujourd'hui tout est possible. Soyez positifs au jeu. Laissez vos pieds parler pour vous, OK?

— D'accord, soupire Ben, mais il est évident qu'il est loin de voir les choses d'un œil positif.

Ben et les autres joueurs rangent leur plateau et sortent de la cafétéria en traînant les pieds et en secouant la tête. Tout d'abord, Stefan leur a fait perdre leur match d'ouverture, et maintenant voilà qu'il crie dans la cafétéria qu'il va les attaquer. Ils commencent à en avoir assez de ce Stefan.

Tandis que l'équipe sort dans le corridor à la queue leu leu, Ben se tourne vers Georges.

— Qu'on soit positifs ou pas, gagner est impossible, ronchonne-t-il. On n'a pas de bons attaquants et notre défense laisse entrer plus de buts que San Marino.

— On aura peut-être de la chance, suggère Georges.

Ben jette un regard à Stefan qui vient de se joindre à eux.

— Si Stefan continue à jouer comme il l'a fait, ce n'est pas de la chance qu'il nous faut, marmonne-t-il, c'est un miracle.

Au bout de la file, Stefan suit à pas furtifs. Il se sent seul et misérable. *Pourquoi sont-ils tous si méchants? Tout ce que je veux, c'est jouer au soccer*, se dit-il.

Lorsqu'ils entrent sur le terrain à grandes enjambées, Stefan est toujours perdu dans ses pensées. Ben l'entraîne soudain à l'écart, ce qui le ramène à la réalité.

— Bon, on va encore te laisser jouer à la défense, mais cette fois-ci, tâche de ne pas tout gâcher, dit Ben d'un ton autoritaire.

Il montre du doigt la même zone défensive

où Stefan a commencé hier.

Super, se dit Stefan. *Ils ne m'ont toujours pas compris et je dois encore jouer à la défense.*

Quelques minutes plus tard, alors que le coup d'envoi est donné, Stefan a la tête ailleurs. En Pologne, il fréquentait une petite école dans le village où il a passé toute sa vie. Les joueurs de l'équipe de l'école ont grandi ensemble. Stefan était l'un des meilleurs joueurs et il a toujours tenu une position à l'avant. Il soupire, regrettant de ne pas être là-bas en ce moment même. Ses anciens coéquipiers l'aimaient bien et lui étaient reconnaissants des buts qu'il marquait.

Stefan pensait que venir en Angleterre serait amusant, mais jouer pour une nouvelle équipe est bien plus difficile qu'il se l'était imaginé.

DE MAL EN PIS

Tout commence bien pour la Hollande qui, cette fois, joue contre l'Espagne. Peu après le coup d'envoi, Ben monte en attaque en se faufilant habilement entre les défenseurs espagnols. Son puissant tir au but est toutefois un peu trop haut. Le ballon frôle la barre transversale, créant un hors-jeu. Il y aura coup de pied de but.

— Bien joué, dit un autre joueur de la Hollande d'un ton encourageant.

— Merci, répond Ben en souriant tandis qu'il court se poster à la défense.

VZZZZZZ! Le gardien de but de l'Équipe

Espagne est un garçon fort et trapu. D'un coup de pied, il fait parcourir les trois quarts du terrain au ballon. Stefan se met aussitôt à courir pour l'intercepter. Cette fois-ci, il est résolu à ne décevoir personne, y compris lui-même.

Mais Ben court aussi dans la même direction. Il coince le ballon sous son pied droit, puis pivote sur place, tournant ainsi le dos à Stefan qui fonce toujours vers le même endroit. Avec un grognement, Ben renvoie le ballon dans la moitié de terrain de l'Espagne en le lançant au-dessus d'un défenseur pour que Georges le récupère.

Stefan s'immobilise, stupéfait que Ben lui ait volé le ballon.

D'accord, se dit Stefan, *s'ils ne me font pas confiance à la défense, je vais attaquer alors.*

Le garçon file vers l'avant pour rattraper Ben. Les deux joueurs courent bientôt côte à côte, au grand désarroi de Ben.

— Mais qu'est-ce que tu fais? Retourne là-bas, ordonne ce dernier.

Soudain, Georges s'écrie :

— Retournez là-bas!

Ben et Stefan voient un objet en cuir passer à la vitesse de l'éclair au-dessus de leur tête; Georges a perdu le ballon. Ils s'immobilisent tous les deux, pivotent et se remettent à courir vers leur propre but.

Un milieu de terrain hollandais bondit, prêt à donner un coup de tête au ballon. Il rate toutefois son coup. Le ballon rebondit derrière lui et atterrit aux pieds d'une fille aux cheveux foncés portant les couleurs de l'Équipe Espagne.

— Non, non, non! Pas encore! rugit Ben alors qu'après un habile jeu de jambes la fille donne l'avance à son équipe.

Ben foudroie Stefan du regard, trop fâché pour dire quoi que ce soit. Stefan risque un sourire amical, même s'il sait que Ben n'y répondra pas. Stefan est malheureux. Il aimerait tant être en Pologne en ce moment même, alors qu'il entreprend la longue et solitaire marche vers sa position de défense.

Fâchée d'avoir laissé son adversaire marquer un but aussi stupide, l'Équipe Hollande perd le peu d'esprit combatif qui lui restait. À la fin d'une abominable première mi-temps, l'équipe tire encore de l'arrière 4 à 0 et Ben sait exactement qui blâmer.

— Je vous jure que ma grand-mère ferait mieux à la défense, grogne-t-il tandis que les deux équipes font une pause pour se désaltérer et discuter stratégies. Et ma grand-mère a seulement une jambe!

— Il n'est pas si mauvais que ça, fait Georges mollement.

Ben soupire.

— OK Stefan, dit-il. Je vais te donner une autre chance, mais il faut que tu gardes ta position. D'accord? Garde ta position, compris?

— Com-pris, répète Stefan.

Il connaît ce mot-là au moins.

Le coup d'envoi est maladroit. Pendant quelques instants, le ballon semble rebondir de façon incontrôlée entre les joueurs des deux équipes pour finalement se retrouver aux pieds d'un garçon de l'Équipe Espagne. Il se met à courir à toutes jambes vers la zone adverse tandis que Ben fonce sur lui.

Paniqué, le garçon botte le ballon de toutes

ses forces. Mais comme l'attaquant est encore loin du but, le ballon a le temps de ralentir pour rouler jusqu'à Stefan.

— Dégage le ballon, crie le gardien de la Hollande, qui est à genoux à côté du poteau gauche en train d'attacher sa chaussure.

Comprenant mal la directive, Stefan lève le pied pour laisser le ballon rouler dessous. Puis il le frappe avec son talon pour l'envoyer là où il croit que le gardien l'attend pour le botter.

— Mais qu'est-ce que tu fais? s'écrie le gardien.

En entendant cette voix paniquée, Stefan se retourne juste à temps pour voir le ballon traverser la ligne et pénétrer dans le but de la Hollande.

— Ça y est. C'est terminé pour toi! fulmine Ben.

Il foudroie Stefan du regard et appelle un remplaçant.

Stefan tourne les talons et quitte le terrain

comme un ouragan. Il sent les larmes lui monter aux yeux, mais réussit à les retenir. *Je ne vais pas pleurer, je ne vais pas pleurer,* se dit-il.

Il fonce dans les portes battantes et se retrouve dans le Temple de la renommée. Errant dans la pièce mal éclairée, il s'arrête pour regarder les trophées célèbres et les maillots encadrés qu'ont portés les plus grands joueurs de soccer de tous les pays du monde.

Stefan fixe un maillot blanc impeccable du Real Madrid portant la signature de David Beckham. Son visage commence peu à peu à changer d'expression. *Lorsque Beckham a signé pour Real Madrid, il ne savait pas parler espagnol, n'est-ce pas? Et probablement que ses coéquipiers ne parlaient pas beaucoup anglais non plus,* songe Stefan. *Ça n'a pas dû être facile.*

Un léger sourire se dessine sur ses lèvres. Maintenant, il ne lui reste qu'à trouver un moyen pour que Ben et les autres le comprennent. Il rebrousse chemin, puis s'arrête un instant dans l'embrasure de la porte de la salle de classe.

Dans la classe, un des entraîneurs, Théo, prépare un tableau pour étudier les stratégies avec un autre groupe de l'académie.

Il sourit à Stefan :

—Tu es perdu, mon garçon?

Au moment où Théo se penche pour ramasser

un aimant, Stefan fixe le tableau des yeux. *C'est ça!* se dit-il. *C'est tout à fait ça!* Et il part en trombe vers le terrain sans dire un mot.

— Hé! l'interpelle Théo.

Mais Stefan est déjà loin.

CHANGEMENT DE TACTIQUE

Lorsque Stefan retourne sur le terrain, le dernier coup de sifflet vient de retentir. Les joueurs de l'Équipe Hollande ont l'air misérable, et pour cause; ils ont subi une défaite de 5 à 2. Un but seulement leur a permis de se qualifier pour le tour suivant. De plus, pour remporter le tournoi, ils devront gagner toutes les parties suivantes.

— Nous étions pourris, lance Ben en se tournant vers Georges. En fait, toi et moi on a bien joué et quelques autres joueurs aussi, mais on ne valait rien à l'arrière.

— Nous n'étions pas très forts à l'avant non plus. Chaque fois que j'avais le ballon, je n'avais personne à qui centrer dans la surface de réparation. Les avants jouaient trop à l'arrière pour aider à tacler, grommelle Georges.

Ben baisse les yeux sur ses lacets. Hier encore, il croyait que son équipe pourrait remporter le tournoi. Et maintenant, la Hollande peut se compter chanceuse si elle ne se classe pas en dernière position. Si seulement Stefan était aussi bon sur le terrain qu'à l'entraînement, ils auraient des chances d'y arriver.

— Hé! grogne Ben.

Une main vient de l'attraper par la manche en tirant dessus d'un coup sec. Il se retourne et aperçoit Stefan à ses côtés qui sourit de toutes ses dents.

— Qu'est-ce que tu veux, Stefan? demande-t-il en poussant un soupir. Si tu as l'intention de te plaindre du score final, ce n'est pas la peine.

On aurait pu perdre 10 à 2, si je ne t'avais pas remplacé.

Stefan lâche le bras de Ben tout en continuant à sourire. Il n'a absolument rien compris de ce que Ben vient de dire, mais ce n'est pas grave. Il n'a plus besoin de mots pour s'expliquer maintenant.

— Qu'est-ce qu'il veut? demande Georges lorsque Stefan leur fait signe de se diriger vers la

porte du bâtiment principal.

— Je n'en suis pas sûr, répond Ben en fronçant les sourcils. Je pense qu'il veut qu'on le suive.

Pendant un instant, personne ne bouge. Puis, Georges hausse les épaules et emboîte le pas à Stefan.

— Pourquoi pas? dit-il, on n'a rien à perdre, au point où on en est.

L'un après l'autre, les autres joueurs de l'équipe décident de suivre Stefan. Bientôt, il ne reste plus que Ben qui les regarde franchir les portes battantes.

— Bon, marmonne-t-il en roulant les yeux. Allons voir ce qu'il a à dire.

Enthousiaste, Stefan retourne à la hâte vers la salle de classe, le reste de l'équipe traînant derrière lui. Son plan semble fonctionner et une joie intense l'envahit. Peut-être que finalement, tout va bien aller!

Arrivé bien avant le reste de l'équipe, Stefan tape du pied avec impatience en attendant les autres. Lorsqu'enfin ils entrent d'un pas lourd, il fait un grand sourire et les invite d'un geste à se regrouper autour de lui.

Ben reste près de la porte, les bras croisés sur la poitrine. D'un côté, il se sent mal d'être aussi dur avec Stefan, mais que faire d'autre? C'est la faute de Stefan s'ils ont perdu leurs deux premiers matchs. C'est lui qui a demandé de jouer à la défense, et puis il a passé les deux parties à essayer

de jouer à presque toutes les positions, à part à l'arrière. Pas étonnant qu'ils perdent tout le temps.

Georges et les autres joueurs de la Hollande se rassemblent à l'avant de la salle de classe tandis que Stefan dispose des aimants de couleur sur le tableau blanc. Au bas du tableau, il place quatre aimants en ligne. Au-dessus de cette ligne, il ajoute cinq autres aimants en ligne droite, un peu décalés toutefois. Et puis, au-dessus de cette ligne, il ajoute un dernier aimant, en plein centre du tableau.

— C'est... intéressant, dit Georges gentiment. Qu'est-ce que c'est?

— C'est la formation 4-5-1, explique Ben en entrant dans le local. Quatre défenseurs, cinq joueurs en milieu de terrain et un seul attaquant à l'avant.

Georges hoche rapidement la tête.

—Ah! oui, oui, je le savais, dit-il.

Stefan ne leur prête pas la moindre attention. Il saisit l'aimant au centre de la formation et le brandit afin que tous puissent le voir.

— Ben, fait-il avec assurance. Puis il le remet en place et désigne l'autre aimant directement à sa gauche. Georges, dit-il.

Le plan de Stefan fonctionne très bien. Les joueurs se mettent à hocher lentement la tête. Cette fois-ci, il désigne l'aimant devant ceux du milieu de terrain. Celui qui est loin devant, seul.

— J'attaque! lance Stefan en souriant.

— Oh! Tu veux dire que tu es un attaquant… un buteur! Je n'arrive pas à croire qu'on se soit trompés à ce point-là! s'esclaffe Georges se frappant le front de la main.

Ben ne dit rien.

Sous les yeux des joueurs, Stefan se met à tracer des lignes sur le tableau, chacune représentant une passe du ballon. Georges est impressionné par les tactiques que suggère Stefan.

Sans échanger un mot, toute l'équipe comprend parfaitement Stefan.

— Ça pourrait fonctionner, fait Georges en hochant la tête, l'air pensif. Si Stefan garde le contrôle du ballon, ça pourrait vraiment fonctionner.

— C'est un bien grand « si », réplique Ben. On a tous vu comment il joue. Qu'est-ce qui te fait croire qu'il peut réussir à faire ce qu'il propose?

Les autres membres de l'Équipe Hollande se mettent à chuchoter entre eux. Ben a raison. Jusqu'à maintenant Stefan n'a même pas failli marquer un but. Pourquoi devraient-ils l'écouter?

— Je suggère qu'on lui donne une chance, déclare Georges en remontant ses lunettes sur son nez. Perdre est le pire qui puisse nous arriver, et croyez-moi, on y arrive assez bien jusqu'à maintenant. On devrait essayer les tactiques de Stefan.

Il jette un regard à Ben qui a croisé les bras à nouveau.

— Qu'est-ce que tu en dis, Ben?

Ben hésite. Il sent tout à coup tous les regards se poser sur lui. Il regarde le tableau, puis Stefan. Lentement, le capitaine fait un signe de tête affirmatif.

— OK, dit-il. Essayons!

UNE REMONTÉE
SPECTACULAIRE

—Tu es certain, Ben? demande le gardien de but de la Hollande en se dirigeant vers le terrain.

Ben hausse les épaules.

— Il ne peut pas être pire à l'avant qu'à la défense, réplique-t-il. Qui sait? Il nous surprendra peut-être…

— J'espère que tu as raison.

Sur ce, l'Équipe Hollande entre sur le terrain, prête à affronter le Brésil. Avant le match, Kelly leur a dit que le Brésil était une bonne équipe, mais que si la Hollande se donnait à cent pour cent et jouait avec assurance, la partie serait égale. L'Équipe Hollande n'a pas le choix : elle doit décrocher une victoire pour éviter l'élimination du tournoi.

Aussitôt que le coup de sifflet retentit, les joueurs du Brésil passent à l'attaque. Ils prennent rapidement le coup d'envoi et se lancent dans un prompt échange un-deux qui leur permet d'échapper à deux défenseurs hollandais.

Ben se rue vers le ballon, forçant le joueur brésilien à faire une passe au sol à son coéquipier. Georges se précipite pour intercepter la passe et remonte le terrain en dribblant pour retourner dans la moitié de terrain du Brésil.

— N'oublie pas les aimants! lui crie Ben en faisant un pas de côté pour déjouer son marqueur avant de s'élancer derrière son ami.

Les lignes que Stefan a tracées pour expliquer sa tactique dans la salle de classe lui reviennent rapidement à la mémoire. Et soudain, il sait exactement ce qu'il doit faire.

Georges balance la jambe gauche, comme pour effectuer un botté. Du coin de l'œil, il aperçoit un défenseur qui se précipite pour aller se placer dans la trajectoire du ballon. Le joueur du Brésil est grand et costaud; il pourrait donc facilement bloquer le tir de Georges.

Mais Georges n'a aucune intention de tirer. Il a effectué cette feinte afin que le défenseur se prépare à intervenir et ça a marché!

Au lieu de tirer, Georges fait une passe à Ben qui remonte en courant le centre du terrain. Avec sa première touche, Ben propulse le ballon devant lui directement là où se trouve Stefan qui fait face à son propre but.

Tandis que le ballon descend vers lui, Stefan recule un peu. Il balance son genou droit vers le ciel, détend la jambe, et sa chaussure entre en contact avec le ballon.

PAF! Le coup de pied retourné est parfait. Le

ballon s'envole à toute allure par-dessus la tête de Stefan, décrit une courbe derrière le gardien de but du Brésil et se retrouve dans le coin supérieur du filet.

Dans le milieu de terrain, Ben et Georges se regardent et sourient.

— Ça, c'était tout un but! s'étrangle Ben.

— C'était *incroyable*, lâche George en riant.

Il donne un coup de poing dans les airs tant il est content.

— Il ne faut pas trop s'exciter, prévient Ben. La partie ne fait que commencer.

Georges hoche la tête, mais il lui est difficile de rester calme. Stefan vient de marquer le but le plus spectaculaire que Georges ait jamais vu et il a l'impression que ce garçon n'a pas encore dit son dernier mot.

● ● ●

Georges n'a pas tort. Lorsque Stefan est en pleine action à l'avant, aucun défenseur du Brésil ne peut l'arrêter. Il se faufile aisément entre les joueurs du milieu. Il balance le ballon au-dessus des têtes des défenseurs. En peu de temps, il réussit un tour du chapeau, et chaque but est plus brillant que le précédent.

Et il n'y a pas que Stefan qui joue bien. Stimulés par son incroyable performance, les autres joueurs de l'équipe ont aussi amélioré leur jeu. Ils travaillent bien ensemble, et à la fin de la première période, ils ont vraiment trouvé leur rythme. Maintenant, alors qu'il ne reste que cinq minutes à jouer, ils se comportent comme des champions.

C'est une équipe brésilienne exténuée et misérable qui s'empare du ballon au dernier coup d'envoi. Ben file à toute allure pour récupérer le ballon et l'arrache facilement des pieds fatigués du joueur adverse. Il lève les yeux rapidement, puis envoie le ballon dans l'aile où Georges le capte.

Un agile pas de côté suffit à Georges pour déjouer son marqueur. Il fait une passe à Stefan qui reçoit le ballon dos au but. Un défenseur fonce sur lui… Où aller? Alors Stefan y va d'une impertinente passe en retrait; il glisse le ballon entre les jambes du défenseur, en direction de Ben qui fonce droit devant. Avec l'intérieur du pied, Ben expédie le ballon dans le coin inférieur du filet, loin du gardien.

— Buuuuuut! s'écrient en chœur les joueurs de la Hollande.

— Jamais je ne pourrai compter un autre but aussi facilement que ça! s'exclame Ben en riant.

Bien longtemps après le dernier coup de sifflet, toute l'équipe chante encore : 4 à 0, 4 à 0, 4 à 0!

Dans le vestiaire, Ben se tourne vers Stefan, l'air penaud.

— Écoute, dit-il, je suis désolé d'avoir été un peu dur avec toi, je voulais tellement qu'on remporte le tournoi.

Stefan n'est pas certain de comprendre, mais il peut deviner le sens des paroles. Il se penche pour toucher le pied droit de Ben.

— David Beckham! s'écrie-t-il.

— Je crois que c'est sa façon à lui de te dire que tu es un bon milieu de terrain, dit Georges.

Ben sourit, reconnaissant.

— Est-ce que je peux l'utiliser? demande Ben en montrant du doigt le traducteur électronique qui dépasse du sac de Stefan.

Il appuie sur quelques boutons, fronce les sourcils, puis dit d'une voix assurée :

—VIL-KI-STRAÏ-KEUR.

Stefan éclate de rire en applaudissant, puis reprend l'appareil et se met à taper un message.

— Ça veut dire « super buteur », explique Ben à Georges.

C'est maintenant au tour de Stefan d'étudier le petit écran de l'appareil. Ses lèvres remuent en silence tandis qu'il tente de prononcer les mots. Quand il est certain de les maîtriser, il se tourne vers le reste de l'équipe.

— Nous… devons… gagner.

Ben donne une tape amicale dans le dos de Stefan.

— Je ne l'aurais pas mieux dit, déclare-t-il.

DE CLASSE MONDIALE

Georges sent son cœur résonner dans sa poitrine, comme une puissante chaîne stéréo dans une voiture. Il lui reste dix minutes à jouer dans cette dernière partie. Et il est déterminé à tirer le maximum des dernières touches qu'il pourra faire ici, à l'académie.

Hier a été une journée incroyable. En effet, les tactiques de Stefan ont permis à la Hollande d'entretenir son rêve de gagner le tournoi. La séance d'entraînement en matinée a été géniale; tous les joueurs riaient et blaguaient ensemble. Ensuite, le repas du midi a pris toutes les allures d'une activité d'équipe. Georges et Ben ont passé la pause à enseigner des mots anglais à Stefan et, en retour, ce dernier leur a appris quelques mots en polonais.

Mais pour le moment, Georges ne pense plus à cela. Il est complètement absorbé par la partie, et le but que vient de compter l'Allemagne l'a anéanti.

— Nous menons toujours 2 à 1, rappelle Ben à son équipe tandis que Georges pose le ballon sur le point central. On peut tenir jusqu'au coup de sifflet final! Encore quelques minutes…

— Oui, répond Georges en hochant la tête.

L'arbitre siffle. Ben frappe légèrement le ballon en direction de Georges et s'élance en avant, prêt à ce que son ailier le lui renvoie.

— Bon… ballon, Georges! lance Stefan.

Il parle toujours lentement, mais son anglais s'améliore.

Un joueur de l'Allemagne plonge vers Ben,

le pied tendu. Ben fait une passe à un autre joueur de milieu de terrain de la Hollande qui remonte sur l'aile.

— Stefan, monte! hurle Ben.

Stefan hésite, essayant de comprendre ce que Ben vient de lui dire. Il lève la tête vers le plafond, se demandant ce qu'il pourrait bien faire là-haut. Ben éclate de rire.

— Non, pas dans cette direction! Par là! explique-t-il en désignant un endroit près du poteau arrière qui n'est pas protégé.

Stefan fait un sourire penaud, puis accourt à toute allure.

— Ici! s'écrie-t-il en agitant le bras pour indiquer qu'il a le champ libre.

Le joueur de l'Équipe Hollande s'arrête et centre le ballon dans la surface de réparation. Deux défenseurs allemands sur le qui-vive se ruent dessus.

Mais Stefan est déterminé à y arriver avant eux. Il saute en l'air et donne un puissant coup de tête au ballon. Il rebondit avec force et passe par-dessus le gardien pour retomber sur le sol et traverser la ligne juste au moment où le coup de sifflet final retentit.

L'Équipe Hollande explose de joie! Les joueurs se précipitent sur Stefan et le soulèvent pour le porter en triomphe. Stefan sourit quand

ils se mettent à scander son nom et éclate de rire lorsque ses camarades essaient de placer quelques mots polonais appris sur son appareil de traduction. « Champion! » « Héros! » Stefan rougit de fierté.

● ● ●

— Je suis très fière de vous tous, lance Kelly, rayonnante, tandis qu'elle emmène l'équipe à la cérémonie de remise des médailles.

Malgré un horrible début, les joueurs ont fini par gagner le tournoi. De plus, ils ont su travailler en équipe.

— Qui va nous remettre les médailles? demande Georges.

— Très bonne question, répond Kelly en souriant.

Ben et le reste de l'équipe s'immobilisent, pétrifiés. Là, quelques mètres plus loin, se trouve…

— David Beckham… en personne! murmure Ben.

— Pas croyable! lâche Georges, la bouche fendue jusqu'aux oreilles.

Stefan a les yeux grands comme des soucoupes.

— David Beckham, souffle-t-il.

David sourit aux trois garçons qui se sont figés sur place.

— Allez, vas-y capitaine, dit Kelly en donnant un coup de coude à Ben. Va chercher le trophée.

— Non, fait soudain Ben.

Les autres le regardent, abasourdis.

— Pas sans Stefan, ajoute-t-il. Sans lui, l'Équipe Hollande aurait terminé bonne dernière. C'est lui qui doit monter sur l'estrade, pas moi.

Stefan fait un pas en avant et pose une main sur l'épaule de Ben.

— Allons… tous… les… deux, propose-t-il.

— Excellente suggestion, approuve Georges. Allez-y tous les deux.

Côte à côte, Ben et Stefan s'avancent vers l'homme qu'ils ont vu des centaines de fois à la télévision, l'homme qu'ils ont tenté d'imiter dans leurs propres matchs en essayant de reproduire ses buts. L'un après l'autre, ils lui serrent la main, puis David Beckham remet une médaille d'argent à chacun, ainsi qu'une coupe en argent rutilante.

— Bravo les garçons. J'ai entendu dire que vous avez fait un beau travail d'équipe même si vous ne parlez pas tous la même langue, dit David. Félicitations. Je sais à quel point ça peut être difficile. Au début, quand je suis allé jouer pour Real Madrid, je ne connaissais pas un mot d'espagnol!

— DJEN-KOU-YA, répond Ben en essayant de se rappeler ce que Stefan lui a appris.

— Merci, traduit Stefan.

Puis les deux garçons se tapent dans la main.

— Photo d'équipe, annonce Kelly en invitant tous les joueurs à retourner sur le terrain.

Stefan et Ben prennent le trophée que David leur tend et rejoignent le reste de l'équipe.

— Hé, Stefan, c'est ton père? demande Georges en montrant du doigt un homme aux cheveux hérissés qui les regarde en souriant fièrement. Il te ressemble.

Stefan court se jeter dans les bras de son père.

Tandis que Ben et Georges les observent, le père de Stefan se penche pour parler à l'oreille de son fils. Lorsque Stefan vient les retrouver, il trépigne d'excitation.

— Ça va, Stefan? s'informe Georges.

— Oui, fait Stefan en hochant la tête.

Il s'arrête tandis qu'il tente de se rappeler les mots que son père a dits.

— Je vivre… à Londres, dit-il lentement.

Ben et Stefan sont encore plus excités quand ils apprennent qu'ils vont fréquenter la même école après les vacances.

— Génial! s'écrie Ben qui songe déjà que son nouvel ami sera un excellent ajout à l'équipe de l'école.

Lorsque David Beckham arrive au pas de course pour participer à la photo d'équipe, le photographe n'a pas besoin de dire de sourire. Tous les membres de l'équipe sont rayonnants!

— À l'Angleterre et à la Pologne, dit Ben au moment où le flash de l'appareil photo se déclenche.

— Et au pays de Galles, ajoute Georges.

— Le pays de Galles?

— Mon grand-père est gallois, je suis donc à moitié gallois. Plus tard, je pourrai jouer pour le pays de Galles ou pour l'Angleterre!

—Alors, dit Ben en essayant de ne pas éclater de rire et en hochant la tête, tu es gallois, il est polonais, nous sommes anglais et nous jouons tous pour la Hollande. Tu avais raison l'autre jour, c'est très compliqué!

Tandis que les rires de ses nouveaux amis retentissent, Stefan laisse échapper un soupir de contentement. Il commence déjà à se sentir chez lui en Angleterre.

Mais il sera toujours pour la Pologne à la Coupe du monde!

À VENIR :

 Quel capitaine!

LE SIXIÈME LIVRE DE LA COLLECTION
THE DAVID BECKHAM ACADEMY!

DÉJÀ PARUS :

1 – DOUBLE DÉFI
2 – ESPRIT D'ÉQUIPE
3 – GARDIEN GAGNANT
4 – L'ADVERSAIRE
5 – LE NOUVEAU